빈 새장의
문을 열어 놓다

지은이 | 최명규
펴낸이 | 김명수
펴낸곳 | 도서출판 시아(詩芽)
발행일 | 2019년 6월 20일
출판등록 | 2018년 3월 30일

주소 | 대전광역시 동구 대전로839번길 18
전화 | (042) 254-9966, 226-9966
팩스 | (042) 255-5006
E-mail | daegyo9966@hanmail.net

값 15,000원

ISBN 979-11-963971-6-6

* 이 도서의 국립중앙도서관 출판예정도서목록(CIP)은 서지정보유통지원시스템 홈페이지(http://seoji.nl.go.kr)와 국가자료종합목록 구축시스템(http://kolis-net.nl.go.kr)에서 이용하실 수 있습니다.(CIP제어번호 : CIP2019022883)

빈 새장의 문을 열어 놓다

최명규 시화집

도서출판
시아

제1부 은유隱喩와 번짐

제2부 묵향墨香에 기대어

제3부 시중유화화중유시詩中有畵 畵中有詩

제4부 녹슬어가는 것은 망각忘却

시인의 말

집 앞 호수에 검은 물닭들이 고개를 꺼덕이며 물위에 살얼음 속의 봄을 불러 일으킨다. 자연의 숭고함은 계절의 시계가 한 치의 오차도 없이 흘러가는 것이요. 우린 그걸 바라보며 살아가는 동안에 느낄 수 있는 것이다.

겨울옷을 벗어 봄옷을 갈아입듯
오늘은 어제와는 다르게 살고 싶다.
일신우일신日新又日新
날마다 먹을 갈고 붓질을 해 오면서 은유隱喩하려 했다.

시를 쓰고 픈 마음만 가지고 살아온 지 삼십, 아니 오십 여년

'국민학교' 라 불리웠던 초등학교 삼학년 때 내가 지은 시를 어디서 베껴왔다고 담임선생님으로부터 출석부 모서리로 목을 맞아 시 쓰기를 포기했다. 아마 수준에 맞지 않는 시를 쓴 것이 죄가 된 것일 것이다.

아무튼 그때의 트라우마가 뒤늦게 시를 찾게 하였고, 서천문화원에서 시인 구재기 선생님의 시창작 강의를 들으면서 다시 시를 쓰게 되었다. 이런 기회를 만날 수 있게 해주심에 감사드린다. 결국 어줍잖은 시詩를 앞세워 그동안 매진하여온 서書와 화畵를 한데 모아 시화집詩畵集을 엮어내기에 이르렀다. 이러함에도 같은 고향 서천舒川을 두고도 멀리에서만 우러러 뵙던 시인 나태주 선생님께서 따뜻한 손을 내밀어 소중한 말씀을 주신 큰마음에 삼가 고개를 숙인다.

버드나무가 푸르러지는
저수지변에서 이것도 저것도 아닌 미진함으로
나날이 새로워지는 봄볕이 자꾸만 부끄러워지는 것은 어쩔 수 없다.

2019. 5.

천산 최명규

제1부

은유隱喩와 번짐

곽 휴지

가로로 찢어진 틈새로
차곡차곡 몸 구겨 넣고
빼꼼히 밖을 본다

한줄기 밝은 기다림보다
차례의 기다림이 절실해가고

아무도 손대지 않은
하나 남은 자존

타인의 청결 위해
하얀 순결을 준비해 놓는다

보드라운 희생
끝이 더 거룩하다

곽휴지

타인의 청결 위해
나의 순결
바친다

소화기

언제나 그 자리
굳게 지키고 서 있다
붉은 옷 갈아입지 않는
고독은 팽팽하다

돌아앉은 침묵
작은 불빛 하나에도
가슴 울리는 사명감으로
한 곳만 응시한다

지켜온
자리 하나에도
결코 흔들리지 않는
지루한 긴장에도 빨간 자존 잃지 않는다

펑크난 차

내 뱃가죽처럼 탄력 잃고
납작 업드린 바퀴 한 짝
부러진 발목 끌 듯
카센터에 눕히고는
보호자가 되었다

갈 길은 구만리인데
꾸물꾸물 게으른 정비사
지렁이 한 마리
송곳에 끼워 몸에 박고
따라나서는 메움의 날카로움

여유 없이 걸어온
내 발바닥 어디
저 날카로움으로
새어나가는 자신을 틀어막고
후회없이 살아가고 싶다

젊음이 새어나간 허무
내 삶의 한 쪽을 보았다

코스모스

목 길게 슬픔을 매달아
가을 하늘에 걸어놓은
저 견고한 슬픔
꼭 내 가슴에 목을 매야 했나

여름의 품에 안겨
소나기 한 줄기에 해맑은 웃음은
붉은 줄기 한 발에 의지한 채
연꽃 피우듯 피워내야 했다

찬 이슬에도
뾰족한 반항 송이마다 맺혀 놓고
씨앗에 남겨진
애잔한 사랑이 지워질까 봐
문득 시리도록 파란 하늘을 우러른다

모두 스쳐지나간 자리
마지막 잡아줄 손을 기다리다
눈보라에 날려버린 인연들
서러운 울음 토하며
제 몸 하나 가누기 어렵게 늙은 사람아

清寒蘭氣遠

장승

눈 부라려 보아도
이[齒] 으등그려 보아도
돌무더기 사이로 스민 아픔
가쁜 숨 몰아쉬며
던져진 서러움만 할까

세상사, 듣고 깊이 박혀
땀내 절은 삶
오가는 소원을 받아
없는 복, 없는 아이 점지해 줄
돌 하나 던지고 돌아설 때

이빨 사이에 낀 이끼조차
서낭당의 애환으로 남아
하나 둘 떨어져 나간 전설이 되어가고
장군이란 몸값
절실한 바램으로 성황당에 깊이 박혔다

* 으등그리다: 계속 크게 기를 쓰며 우기거나 애를 쓰다

초연이 쓸고 간 깊은 계곡
깊은 계곡 양지녘에
비바람 긴 세월로 이름 모를
이름 모를 비목이여
먼 고향 초동친구 두고 온 하늘가
그리워 마디 마디
이끼되어 맺혔네

폐차장에서

야적장 켜켜이 깔린 중형차
귀부인 만나 십여 년
분 냄새 맡으며
큰 탈 없이도 살아왔다

폭주족 만나
성한 곳 하나 없는 스포츠카
온몸이 긁혀난 채로
짧은 생 굵게 한 번 살아왔다

한때는 태생부터 다르게
기사 두고 근엄하게 살았다
문을 열어줘야 내리며
으스대며 살아왔다

저, 생선 비린내
다 뒤집어쓴 녹슨 화물차
이제야 한숨 돌리며
보람 있는 삶을 돌아보았다

젊은 한때 무용담 즐비한 요양병원
화장터로 갈 날 앞두고
엄숙한 생 마감 순간에
폐차 한 대가 또 들어왔다

春風吹吹亂香草山畔斜陽
路難尋 戊戌

입원

아침마다 두 손 모아 물 퍼서
세수하고 샤워를 하는 게 사치였나
된장찌개 가지나물
아내의 아침상이 호사였나

비누냄새 폴폴 나는
속옷 갈아입는 상쾌감
아내가 곧 향기라는 걸
닝겔병을 기수처럼
걸고 다녀서야 알았다

한 손으로
비누거품 바르고
한 손으로 굴곡진 볼살을 펴가며
수염을 깎는 자유로움이
여느 때보다 산뜻한 아침이란 걸

지네가 기어 나오고
콩처럼 동그랗게 말고 뒹구는

공벌레 나오는 집
눈부신 하얀 병원 침대보다
잠자리가 마냥 호사스럽기만 한 걸

흔적 없는 일이 모여 큰 흔적 남기는 오늘
작은 일들이 모여 행복이라는 어제
바람 한 조각도 예쁜 색칠을 하는 내일이어야
한 손으로 빈 손을 모아
범사에 감사를

거미

아침 눈 비비고
벌통의 주변을 살핀다

밤새 오르락내리락
낚싯줄 같은 줄 하나에 의지하고
둥그런 식탁가에 몸 사리고
아침식사를 기다린다

메뉴판을 보고 꿀벌을 주문한다
저 엄청나게 팽팽해진 침묵

너와 나의 운명은 여기서 갈리워져
너는 밤새 식탁을 짓고
나는 부수고
어디선가 목탁소리와 살생을 업보가 들린다

또 다른 생존을 위해
죽임을 서슴지 않는다

양봉가의 자존이다

어제 못다한 일이 있어 안깨긴 새벽 대지를 깨웁니다
붉게 오늘을 열어 아쉬움 없는 하루를 여름
으로 채워 주옵소서
새해아침 천산 최명규

하늘길

맑고 푸른
하늘에서 비늘이 떨어진다

어머님이 말씀하신 오랑캐가
해와 달을 오가며 그물질하고
달을 베어 먹기도 하고 해를 물어뜯기도 한다 했지

일식과 월식이 오랑캐의 조화라면

하늘에 매어둔 그물에
퍼덕거리다 삶을 마감하는
우리는

물질과 시간도 오랑캐가

그럼 그물을 잘도 빠져나가는
어느 섬의 애국자들은
자기들이 만든 그물에 걸려들 일 없겠지

비석碑石

그게 네 생명이고
끝 모를 여정이지
과거의 편린片鱗들을 모아
오직 침묵에 깃든 양, 처연히 서서
누워있는 자者 발자국
노곤했던 삶을 쉽지 않은 말로 새겨놓고

잃어버린 기다림
잔디 위에 내려놓은 그림자가 애처롭다
겨우 일 년 몇 번
찾아와 머리를 조아리는
혈육의 끄나풀이
한겨울 햇살에도 한결 뜨거워진다

이제는 침묵으로 다가설 수밖에 없는
질긴 인연들
삶의 종착역에 닿아 만날 날은
차마 꿈에서조차 허락할 수 없다
구목丘木으로 자라난 소나무 솔잎 사이로
이승의 바람에 하나둘씩 떨어진다

竹窓今夜月華明
乙未端午節 芋山

시詩

절제가 있어서
아름다운 것들이 있다
꾸미지 아니하여 정감 있는 것들
가슴을 뒤집어 보이는

시 한 구절이 오히려 조화롭다

문인화가 아름다운 것은
절제와 시詩가 있어
빈 곳이 있어
오히려 가득하다

그림과 어울릴 줄 안다

아름다운 사람
시와 절제하는 사랑이 함께 있어서
절제가 아름다움이 되고
시詩가 어엿한 사랑을 이루듯

소망의 낙원을 이룬다

가을 단풍이 아름다운 것은
가장 아름다운 순간에 이르러
지금껏 가지고 살아왔던 것들을
하나씩 둘씩 버리고는

매운 겨울바람을 견디어내는 까닭이다

獨鶴望遙空夜寒擧一足西風苦
竹叢滿身秋露滴 丙申夏 竹山
외로운 학이 먼 하늘 바라보며 밤이 차가운지 다리 하나
들고 섰네 가을바람에 대숲도 괴로워 하는데 온몸
가득 가을이슬에 젖었네 李達先生詩

墨汁淋漓尚未乾 誰揮醉筆
寫琅玕 秋風無限江南思 影
落瀟湘暮雨寒 戊戌秋 半山

먹물이 흥건하여 아직 마르지 않았으니 누가 취한 붓을 휘둘러
대나무를 그렸더냐 추풍에 끝없이 강남이 생각나고 그림자는
소상강에 떨어져 저문 비만 차더라

변기

물 한 줌 담아놓고
순백, 알몸으로의 기다림
너의 그 순결 앞에
설핏 따라나선
나의 부끄러움을 뒤로 하고
본능적 욕구마저 달래본다

고운 백토의 살결 위
흐르는 곡선은 클래식이 흐르는
레스토랑의 접시로 태어났어야 했다
고기 스테이크에
월계수 몇 잎 가슴에 안고
다정한 부부의 식사 자리에 있어야 했다

출생의 비밀
네겐 어느 미장이 손에 선택되어 여기에 놓이고
내겐 이곳저곳 가지런하지 못한 가족과 떠돌다
너를 만났다
반전의 슬픔으로 만나는 희극은 보이지 않았다

이제 남은
낡은 육신을
순백의 살결 위에 의탁하고
배설하는 쾌락마저 사치처럼 만난다

리모콘

애당초
사랑이란
만지작거리지 않는 것

아무런 생각 없이
유리박스 안 허상을 사랑해야
비로소 존재 가치가 있다

너를 두고
형체 없는
그림자 더듬어 숫자를 찾아야 했다

필요가 아닌
무심한 구름에
달 가듯 산 넘듯

향기로운 말

단 한마디라도 향기로운 말을
하라 샘물같이 맑고 향기로운
빛은 번뇌를 밝히 평온에서
나온다

법구경 에서 무술년 가을
대한민국 명인 현산

꿈

'똥' 은 '돈' 이다
똥꿈을 꾸면 횡재 한다기에
부리나케 복권방으로 내달렸다

'두 장요!'
만원 짜리 한 장을 던지고
꼬박 오일의 기다림 안에

빌딩이 올라가고
사표를 낼까
친구들 불러 근사한 밥을 살까

'이 맛으로 복권을 사나?'
꽤 비싼 꿈을 꾸었다

好勝者必遇敵

기도

두 손을 모아
하루를 빈다

나를 위한 바램은
나의 기도가 아니다

너를 위해
두 손을 모은다

머리를 들어
'아멘' 과 함께 손을 벌려본다

내 가족의 이름이
가득하다

위선의 기도였다
참회의 기도를 다시 시작한다

보릿고개 하곳길

발걸음마다
허기가 출렁거린다
싱아잎, 찔레순, 보리깜부기
하곳길에도
만만한 게 전혀 없다

보리밭 종다리 하늘 높이 오르다가
다시 보리밭에 내리는가
신작로가 냉이꽃이 피식 쓰러진다
자운영꽃 피어난 두렁배미
벌나비떼 소리가 더 높다

허기가 두려운 그림자,
빈 속에 마신 물을 토해내다 보면
신작로는 까마득히 하늘로 이어진다
하늘길로 걷는다
그 길 끝에 엄니 얼굴

마침내 허기는
두려움이 아닌 절망이 쪼글거리는 뱃속에 가득하다

산기슭에 하얗게 피어난 조팝나무 꽃무리
고봉을 이루는 이밥,
범죄를 꿈꾼다

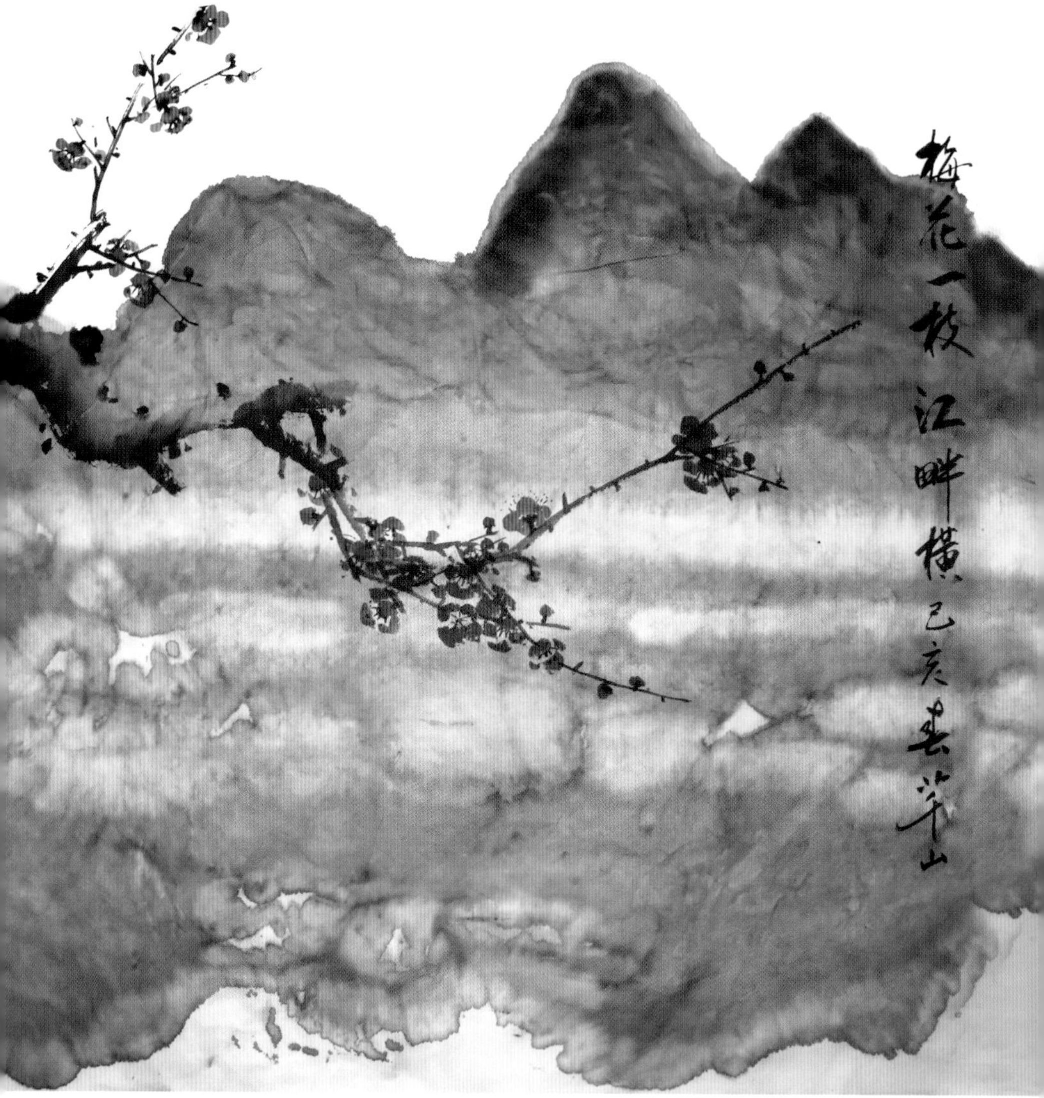
梅花一枝江畔横 己亥

제2부

묵향墨香에 기대어

호號를 받고

어디서 부르는 소리에도
귀가 번쩍 뜨이던
아버지가 지어주신 이름 석 자
오십 여년 질기게 따라다닌
도꼬마리 같은 나의 그림자

붓질을 한다 하여
다른 모습 아닐진대
아버지 바램 앞에 '천산芊山' 이란 두 글자
호號를 받아들고

바람처럼 지나온 나날
두 글자 더하여
짭쪼름한 삶 위에 햇소금 채워
옴방진 새 삶 살아질까

질척질척하게 걸어온 숱한 길
먹물 듬뿍 찍어 화선지에 쓸어내려
고졸古拙한 글씨에

'천산芊山' 이란 낙관을 찍으며
살아온 길로 되돌아가고 싶다

* 옴방진 : 오달지다의 방언

OLD NAVY
OLD NAVY

털신

삼 년을 신은
오천 원짜리 털신
쓰러기통에 거꾸로 처박혀 있다

아직도 남아 있는
온기가 너무나 애절하다

한때 정 붙여 발 디디고
냅다 던져 버린 몰인정도 그립다

낡음낡음 빠져가는 털 올 사이로
새록새록 온기가 남아 있는 입동의 아침

험한 벼랑에 싹틔워 삶을 산다고
불평하지마 진정한 香氣는 어려운
삶의 극복에서 오는 거야. 현산

修竹豐心亦有情
芹山

대나무

날마다
한스런 사연 많을 때
마디 하나 맺어놓고
잊기로 하자

숲을 이룰 때까지
가슴속에 이르도록
촘촘히 뿌리 뻗어내려
자라난 마디마디

서걱이는 댓잎소리
지나는 바람 한 줌 달빛에 기대어 돌아서고
속을 비우고 서 있는 나는
감춰둔 첫사랑의 이름까지 쓸어내 지워야 할까

지는 노을처럼
고이 묻어 간직해온
못다한 사랑의
붉은 그리움 하나

사철 텅 비워 있는
푸르딩딩한 죽비가 되어
티끌 많은 세상
알뜰히 쓸어내기로 하자

오늘도 화선지 위에 대붓을 휘둘러댄다

먹을 갈며

새벽
닭이 운다

태초에도 울었을까?
누굴 위해 울었을까?

앞으로도 계속 울까?

네 목소리에 반응하는
부지런한 사람조차도

의미가 없는 목청

나는
걷히지 않는
어둠을 잘라 먹을 갈고

닭은
여명을 잘라내어
목청 돋운다

葉忌齊長三轉而得勢此說可以形容
戊戌秋芋山

소

보릿고개 앞에서도
아버지는 굶어도 소는 굶기지 아니했다
당신은 목이 말라도
누렁이에게 먼저 물을 마시게 했다

모진 폭우 엄동설한에도
소죽을 끓여 먹였고
껌뻑이는 큰 눈 속에서
아버지는 항상 자리를 함께 했다

누렁이는 정성 아닌 살붙이였다
찰지고 질긴 세상사 갈아엎어
가래밥이 쟁기 끝으로 넘어갈 때
보릿고개는 늘 누렁이와 함께 넘었다

아버지의 휴식은
누렁이 목덜미에 두 손 얹어
멍에자리를 열심히 주물러댈 때였다
그럴 때마다 지그시 두 눈을 감고
가난에 달구어진
지치고 끈적해진 침을 줄줄 흘렸다

야크 한 마리 키우고 싶다
高峰 雪山 추위에 屈하지 않고
하얀 외로움 등에 지고 고고히 서서
다른 소와 견줄 수 없는 카리스마가 있다
울 아버지 보시면 좋아하실 텐데
己亥

새벽길

시퍼렇게 날선 새벽
하얀 두루마기 걸치시고
헛기침 한 번에 안개 휘저으며
흰 고무신이 아버지 따라 안개 속으로 나선다

시집간 큰 딸네 시오리길을
백일 안 된 외손자를 잃고
손에 든 한약 한 재
새벽길 동행이 되어 덜렁거린다

종다리 자지러진 하늘 끝에서
찾지 못하던 짚신짝의 혼기를
얼굴도 모르던 사위에게 맡겨진지 두해 전

뻐꾸기 울음 가슴 아린데
아버지 두루마기에
상고대처럼 하얀 조팝꽃이 붉게 보인다

幽香清遠

가난의 냄새

판교장날
아버지는 소를 팔고
방울 달린 목대만 지게에 지고 와
처마 밑 흙벽에 걸어놓고
소 입에서 떨어지는 침같이
느른한 눈물을 흘리셨다.

쓰디쓴 가난의 냄새가
방울소리가 되어
헌집 흙벽에 붙어 쩔렁거리는데
소죽 끓이는 구수한
아버지의 냄새는
이제 어디서 맡을 수 있나

판교장날

아버지는 소를 팔고
방울 달린 목띠만 지게에 지고 와
처마 밑 흙벽에 걸어놓고
소야에서 떨어지는 느른한 잠을
눈에서 흘리셨다
가난의 쓴 냄새가 소리가 되어
헌 재 흙벽에 붙어 철렁거리는 데
구수한 소죽 끓는
아버지의 냄새는
어디에서 맡을 수 있나
아버지

戊戌秋 草山

앵무새

노오란 앵무새 한 마리
문 열고 탈출했다
가장 이루고 싶었던 꿈
오늘에야 가벼운 깃 세우고
창공을 신나게 누볐다

철창 안에서 바라보던 하늘에는
오직 푸르름 뿐
흘러가는 솜뭉치 사이로
부서지는 햇살 받으며 요리조리 날면서
세상살이 여한이 없겠다 싶었는데

제비와
친구가 되어 보고
참새와 사랑하여 보아도
다 저녁 때
집으로 가는 길은 모두 열렸는데

오늘밤은 어디로 가야 하나
둥지도 모이도 없는 저녁 때

한때의 자유도 사랑도
깃을 털어야 할 집도
돌아가지 못하는 앵무새 한 마리

먹지 않고도 살 것 같았다
한때의 세상 부러울 게 없었지
돌아오지 못하는 앵무는
우리는 가족이 아니였다
오늘도 빈 새장의 문을 열어 둔다

집 나간 앵무새는
돌아오지 않았다 다만
빈 새장의 문을 열어 놓았다
현산

墨菊淸秋色
金蓮細雨香
戊戌霜降節 芊山

아버지의 꿈

아버지 유품은 오직
날 무딘 살포 하나
긴 자루 하나 맞추고 싶은
박달나무는
아버지의 영원한 꿈이었다

어머니의 구승 바디에 내린
서슬 퍼런 모시 한 필
잠자리 날개 같은 적삼을 입고
풀벌레 소리 그윽한 들판
헛기침으로 잠재우고 나면

막걸리 한 사발 속에
변변치 못한 자식들 앞날을 비춰보며
고추장 안주에
가난 찍어 매운맛을 삼키며
아버지의 깊은 한숨소리

우렁 껍질 떠내려 오는
물꼬 밑

아직 꼬리조차 떼지 못한
올챙이도 알고 있었을 것 같은
아버지 박달나무 살포 자루의 꿈

어느덧 내가 그 자리
자루없이 녹슬어간 무딘 날이
가슴을 후벼 파고
먼 곳에서 소쩍새 구슬프다

* 살포 : 논의 물꼬를 트거나 막을 때에 쓰는 네모진 삽

우시장 가는 날

전장으로 떠나는 비장함처럼
어둠이 새까만 눈 속에
별처럼 빛나는 암소를 끌고
아버지가 우시장으로 떠난 날

어머닌
절구에 보리 한 되를 넣고
찧고 또 찧고 계셨다
절구속에 삶의 애환이 벗겨질까

아들의 배움이
전쟁보다 더
절박했다

묵향

서두르지 말아야지 다짐하며 몸을 돌려 줘야 한다 결코 서둘러 풀어 벗어주길 기다린다면 신혼여행을 망치는 어설픈 숫총각이 할 짓이다 가느다란 실타래 풀 듯 헤쳐야 한다 우악스런 손짓은 탁한 색을 얻을 뿐이다 처녀가 초경을 할 때처럼 순결한 생리대에 한 점 붉은 점 번지듯 성스럽게 번져야 한다 헤픈 헛웃음이나 배실거리며 기이함을 얻으려 한다면 기생집에 가서나 얻을 일이다 몸을 돌릴 때마다 미끄러지듯 신음소리 전율로 내 몸을 깨운다 곧 농염한 물을 쏟아 내어 한가득 찰랑이는 벼루

맑은 물 연적 안에 기다림이

벼루에서 알몸 되어야 농염한 맘을 풀어 놓고

붓을 들어 화선지 위에 맑고 청초한 사랑 나눈다

똥개

어리숙하게 보이는
강아지 한 마리 귀가 도톰해서 샀다
귀 얇아 잘도 속아 사는
나처럼 살지 말라고

이틀 지나
낯가림 털어내기 무섭게 운동화 물고 다닌다
외마디 비명도 아랑곳 없이
개처럼 끌려간 명품 운동화

한 발로 깨금으로 찾아다니다
두엄더미 위에
비문도 없이 누워있는 신발을 보았다

자기 몸값보다
열 배는 더 비싼 몸이
끈은 잘근잘근 잘려나가고
온 몸은 만신창이로 숨넘어갔다

족보 있는 신발이
족보 없는 개에 짓밟히고 말았다

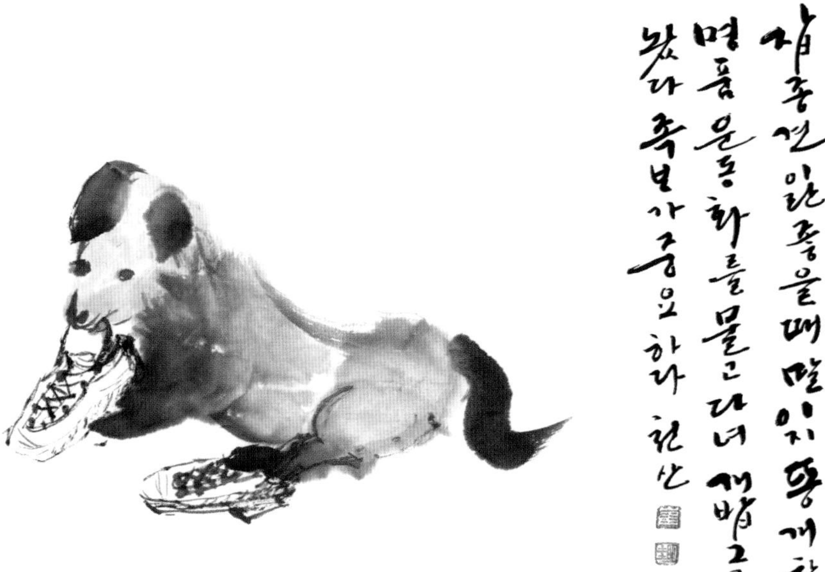
재롱견 이란 좋을 때 말 있지 똥개 한마리 사왔더니
명품 운동화를 물고 다녀 새 밥그릇을 만들어
놨다 족보가 중요하다 천산

참회懺悔

자식 둔 보람이
땅 붙이 낱알만 못한 걸 아시는가
비탈 일구어 늘려온 자갈밭에도
새댁 버선 같은 돔부꽃 피우게 하고
늙은 수탉 벼슬 같은
유월 불볕 길게 늘여 해를 뉘었다

굽은 등에
따개비처럼 붙어있던 지게
삭정가지 되어버린 손 마디마다
가난처럼 깊어진 한숨
모두 벗어놓고 잠드신 자리
술 한 잔 종이컵에 아들행세 다한 듯

머리 한두번 조아려
낯달이 비웃음으로 얼굴 붉히고
마루 밑에 던져둔
땀내 절은 농기구들의 수런거림뒤로
게으른 자식의 삶이 한심하다

삶은 아슬아슬 하다 어디 한군데
마음 편히 살아온 길 없다
나는 오늘도 외롭다 삶은 詩語
남아있지 않은
己亥

묵매墨梅

검은 세상 위에
흰 살결 화선지를 펴자
비로소 머리가 맑아진다.
문진文鎭을 놓고 입을 다문다.
붓을 들자 온몸에 짜릿한 전율이 인다

먹물에 온몸을 담궈
담담히 조묵造墨하고 나서자
나신裸身이 보인다.

가슴 깊이 서려둔 한
화선지에 온몸 누이고는
그림자의 음영 속으로 번져간다
온몸으로 뒹굴며 쓸고 나아간다.
급히 돌아치고 내어 달린다.
어느 곳에서는 헐떡이며 숨을 고르고
폴짝, 개울 건너듯
완만히 눌렀다 엉덩이 들고
춤을 추며 몸을 비틀어 댄다

잔가지들 사이로
하늘 가리운 꽃잎 흩날리고
한 송이 꽃 봉우리
윤습潤濕한 둥치에
진한 먹물이 번져 들어 천년의 이끼가 서린다

물씬한 매화 향기
화제畵題쓰고
한 생의 낙관落款을 눌러 찍는다

바다낚시

바다 한 가운데
엎어놓은 함지박같이 떠있는 섬
구승九繩 모시올 같은 줄 하나
팽팽히 맞들고
망망대해에서
피라미를 노리는 해오라기 꼴이라니

끓는 태양 아래
머리 위로 이마로 땀방울은 흐르고
바다 밑에 가라앉은 구름조각 아래
낚시바늘 끝에서 꿈틀거리는 지렁이 한 마리
물고기가 힐끔거리며 지나간다

속이 메스꺼워진다
입에서는 갯지렁이 같은 것을 토해내고
멀미하는 몸에서는 식은땀이 배어난다
이러다간 고기를 잡는 것이 아니라
고기밥 되는 게 아닐까
— 점심식사 라면으로 떼우셨군요?

물을 물로 보지 말아야지
고기를 잡으러 왔다가
사람 잡히는
바다낚시
나는 어부가 아닌 붓쟁이였다

우리 집은 개판

풍산개 새끼
친구는 싫대도 안겨준다
하얀 털 사이 검은 점 세 개
인형같이 귀엽다

진돗개 순종이란다
가장 이쁜 걸로 골라 왔단다
아내의 눈치를 보며
늘어나는 개 가족
걱정을, 지인의 정성을 받았다

얼룩점이 박힌 점돌이는
원래 우리집 터줏대감
비바람 치던 어느 날
낚시꾼이 버리고 간 난견難犬을 데리고 와
신혼살림을 차렸다

사료 값을 주체할 길이 없어
내 용돈이 차압당하고
아내가 내게 파산신청을 할 즈음

작달막한 못난이 난견이 새끼를 낳았다

다섯 마리나!

우리 집은 완전 '개판' 이다

은유한다는 것은 번짐이다

작은 먹물이 번져야

큰 강물을 만든다

천산 최명규

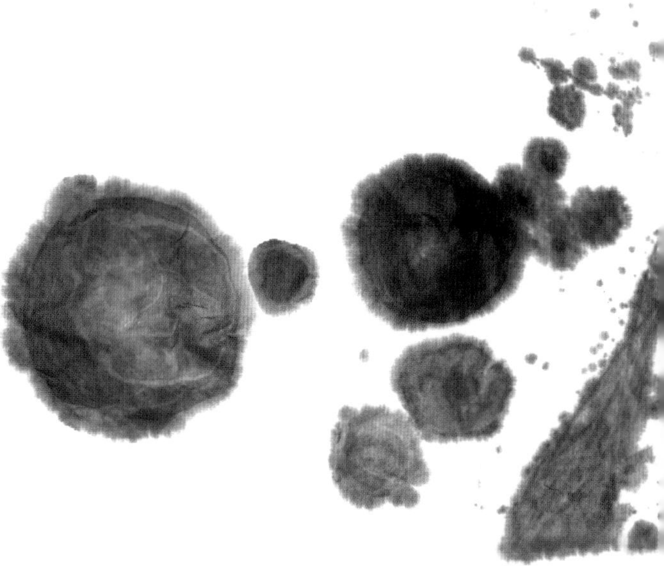

제3부

시중유화 화중유시

詩中有畫 畫中有詩

주름진 얼굴

땀에 절어 쭈글거리는
주름에 그 깊이

닦여지지 않는 눈물
한숨에 짓이겨진 삶의 애환

다려도 펴지지 않는
깊은 골을

팽팽한 젊은이여
저 주름진 얼굴에 이르기를
쉽게 얻으려 하지 말아라

땀과 한숨으로 반죽되어
깊게 파여 펴지지 않는
늙은 얼굴에 주름
평행한 결은 이어
우습게 보지 말아라

의자

등짝 검게 반짝이면서
헤엄 잘 치는 방개
올갈이 논 가운데
찰랑이는 둠벙에 살아야 제격이다

노르스름 반짝이는
놋그릇과 수저와 작은 간장 종지
소박한 푸성귀 반찬이 올라온
검게 옻칠한 개다리소반이 제격이다

언제 어디에 있어도
향기로운 사람
욕심을 버리고 배려하는
웃음을 잃지 않고 사는 사람이다

어느 누구든 다
앉은 자리에
의자를 내놓고 앉는다
당신의 의자는 격에 맞는가

花中富貴 春艷 己亥 春節 竹山

고사리를 꺾다

고사리는
잘 보이지 않는다

가까이 가서 보면
더욱 찾기 어렵다

멀리서
아래에서 위로

몸을 낮게 낮추고
우러러 보아야 보인다

삶도 그렇다

잠들어야 한다
호수에 겨울처럼
태동할 기운을 감추고
詩語 서려두고
그래야 봄을 수 있다
눈송이 하나 허투루 날리지 말아야지
己亥

겨울밤

달빛이 서슬 퍼렇다, 쨍그렁
오래지 않아 남은 별 하나
시린 유리창에 박혀
서성거리는 눈빛으로
빈 방을 엿보고 있다

사체 담은 관을 세워놓은 듯
시멘트 곽은 하루가 다르게 커가고
휘황한 불빛에
가장의 위엄 맥없이 쓰러지면서
하루가 다르게 휘둥그레지는 눈빛들

내일도 오늘처럼
차디찬 그림자가 웅숭거리며
녹슨 철대문 밖에서 서성거릴 때
설 명절을 앞둔 겨울밤
일찍 잠든 애들의 숨소리 시리다

꺼져가는 난로 속에
아파트 분양 광고지를 쑤셔넣고

장작 쪼가리를 던져

질편한 삶에 피곤한 온기를 모은다

月影風聲
戊戌秋

갈목항에서

갈목 해변, 숱하게
들락거리던 발걸음을 멈추고
붉게 물드는 노을을 보면
젊지 않은 영혼을 만날 수 있다

어느덧 육십여 년
쉽게 따라온 그림자 위에
애절한 시나위 가락을 내려 놓으면
질펀한 갯벌에는
한숨 어린 간기가 가득 배어 있다

갯벌은 여전히 짱뚱어가 기웃거리는데
누덕누덕 기운 옷 한 벌 걸치고
동행을 포기하고 돌아간 그림자
붉게 삭아 떨어지는 석양에
서럽지 않은 이가 어느 누구인가

바우지 엄지발가락은
여기저기에 떨어져 뒹굴고

아직도 애잔히 머물러 있는 위엄 위에
시린 노을이 노근히 내려앉는다

* 갈목항 : 충남 서천군 마서면 송석리 갈목

* 바우지 : '돌게' 의 사투리

공중화장실

질척거리던 날
생선전에 가면 비린내가 난다
공중 화장실 뒤켠
어두운 후각은 편치 못하다

버스터미널 공중화장실
퍼덕이는 나프탈렌이 후각을 접는다
청소 아줌마의 낯선 시선
불편한 배설을 재촉한다

어느 관공서 화장실은
찻상을 받아놓고 싶은
아늑한 휴식의 공간
호사스런 배설이 준비되어 있다

생채기에 붙은 딱지처럼
삶을 함께 해온 후각의 뒤켠
귀떨어진 항아리 오줌통에서
마음 편한 배설을 꿈꾼다

또 한해가 가네

도둑놈가시

끈질긴 놈들이다
키가 길쭉한 놈
짧고 납작한 놈
고슴도치처럼 동그란 놈

하는 짓은 단 한 가지
남의 바짓가랭이에 붙어
한 세상 떵떵거리며
살 곳을 물색 중인 속셈이다

길쭉한 놈은
도둑괭이 털에 붙었다가
동그란 놈은
너구리 배를 단단히 움켜쥐고

나는 언제쯤 쥐고 있는
두 손을 활짝 펼 수 있을까
망백望百에 이른 어머니의 치마폭

* 망백 내 마음조차도 어쩌지 못하는

엄니
그 많은 고생을 온몸으로
막아내고 우리 먹이느라 허리
도 펼수 없으셨는데
어디를 가시나요

깡술을 마시며

그때 살아간다는 것은
온전한 것 없이 깡으로 사는 것
학교에서 나눠주는 빵 하나가
보물이었다
내일은 어두웠고
오늘은 배고팠다
학교는 배움보다 의무였다

어찌하여 가장이 되었을 때
어릴 때 그림자를 자식에게 보일까 봐
앞만 보고 달렸지
친구도 보이지 않았다
여전히 어두웠고
살아가는 하루는 높은 담장으로 격리되었다
우리는 담쟁이덩굴처럼 담을 타고 마구 올라갔다

이제 겨우
처자식 밥술이나 뜰까 해서
뒤를 돌아보니
챙기지 못한 가족이 안개처럼 희미하게 보였다

친구들도
가족들과 친구들에게 하소연할 기회도 잃은 채
어깨를 보듬기엔 육신이 먼저 삐걱거리고
낡은 연장을 다 잡기엔 지쳐 있었다

죄가 있다면
육 십 여년 오로지
수족을 잘라 가족을 먹인 게 전부였다
어디에도 기웃거릴 수 없도록
두 눈은 가난에 가려져 있었다
찌든 삶의 안대가 벗겨질 때
쇠똥구리라 손가락질하며
곁을 떠나버렸다

지금
자리를 털고 먼 길 떠난다면
이 풍요로운 세상을 두고
먼 길 떠난다면
애석하고 울어줄 사람이 있을까

미리 떠난 친구야
구두 한 컬레 양복 한 벌로
육십년 버티어 온 오기를
오늘 저녁 쐬주 한 잔으로 달래기로 하였다
흙수저로 태어나
자식이나 먹고 살게 해주고 싶었지
우리 아버지도 못 이룬 오직 그것 하나

— 요기 그냥 주는 튀밥이나 쬐끔 더 주구
쐬주나 두어 병 더 주쇼
내 친구도 깡술 먹고 갔는디
고기 안주와 쐬주 먹을순 읎잖유?

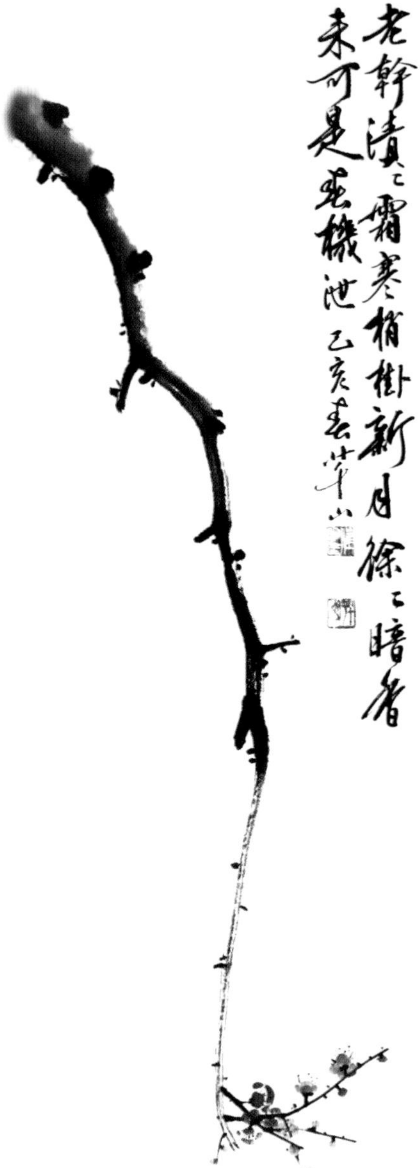
老幹清清霜寒梢掛新月徐徐暗香
来可是春機泄 乙亥春

사투리 1

어머니는
염치를 모르고
상식 밖의 행위를 하는 사람을 보면

"츰 봐"
"오치개 그렇게 헌댜"
로 혀를 차며 개탄했다

통상적 예의나
그에 합당한 행동을 기대했는데
어이없는 모양새를 보면

"숫제나"
"숫제나 츰 봐"

한산장에 모시 한 필 팔아
술이 떡이 되신 아버지를 보고

"오치개
그 돈으루 술을 먹어, 숫제나 츰 봐"

幽谷佳人 丁酉秋

사투리 2

아버지는
말도 안 되는 이야기나
자기 주장을 자기 유리한 대로 하는 말을

"가구짝두 안 맞는 말이여"

신용할 수 없는 사람을 보고는

"호이게짝 안 닿는 사람"

가구 안 닿는 것은
가부 즉 옳고 그름이 안 맞는다는 사투리이고

호이게 짝 안 닿는 것은
회계 즉 더하기 빼기가 안 맞는다는 사투리이다

둘 다 부정적 의미이니
오늘도 난 호이게 닿는 사람과 만나고 싶다

서리를 머금고 가을을
노래하다 새해아침
천안 드림

신호등

빨리 가고 싶은데
빨간 불
섰다

잠깐
한 눈 판 사이
파란 불 켜졌다

누군가 갈 길을 재촉해 댔다

왜
발걸음은
쫓기며 가는가

나는
내 마음대로
살아가고 싶다

언제 한번이라도 내 맘대로 살아질까?

風竹

여름밤

방충망에 바짝 달라붙은
새까만 눈동자들
방안은 찐득하다
하나 둘 셋
우리 안에 가두어진 노획물들

야동을 즐기는 관객은 늘어가고
볼 품 없는 몸매
시큰둥한 시선
좀처럼 잠이 오지 않는다

처마 아래로는
거미줄 위에서 막춤을 추는 나방들
여름밤은 부끄럼 가릴
천 조각 하나 없다

여름은 설익은 햇볕으로 달려들지 않았다
삼족오의 위胃에서 토해낸
불덩이처럼
내 몸 구석구석 붉은 피를 토한다

곧게 뻗은 더위
꺾이는 어느 날
부끄럼 가리고
생에 나신裸身을 당당히 보여주는 꿈을 꾼다

游魚動綠荷風清夏
戊戌秋芹山

와이퍼

일하는 곳은 좁지만
불평하지 않았다.

단순 노동이라지만
비 오는 날은 늘 바쁘기만 했다

반복되는 지루함은
과거를 지우고 현재를 보여주었다

얼어붙은
과거는 온갖 아픔들이 시야를 가리우고

아픔을 지워야
밝은 오늘을 만날 수 있었다

나는 항상 밝음을 염원했다

가을
바람에 野菊
피어나고 풀벌레
울피우는 날
현산

투가리

관요官窯에서도 찾을 수 없는
산중 깊이 숨어든 천주교 순교자들
성스런 손에서 비로소 태어났다

숨어 사는 영혼이
무겁고 거친
입 넓은 어둠에 기름짐은 보이지 않고

단 돈 몇 백 원에 한 죽이니
조심성 없이 막 써도
불에 달구어도 깨지지 않는다

예쁘지 않아도 아쉬움 없다

된장을 담아내도
선 일꾼 밥을 담아도
얼큰한 고깃국, 시래기무침을 담아도

아궁이 불을 고무래로 긁어내어
된장찌개 질럼질럼 불에 달구어져

개다리소반에 보리밥 한 그릇과 올려져야
우리네 삶의 그 맛이다.

* 관요官窯 : 조선 시대 설치했던 관영 도자기 제조소

악수

내 마음조차도 어쩌지 못하는
처량한 놈이
어쩌자고 남의 맘을 사겠다고
'한 표 부탁합니다.'

등가죽 뒤에 흑심 감추고
얼굴에 홍조 띠며
낮은 목소리 속삭인다
'걱정마! 어딜 가겠어?'

잡은 손
뱀 몸뚱이처럼 차겁지만
얼굴 환하게 믿음 줘야지
'꼭 믿겠습니다.'

살아가며 이 짓거리 말아야 한다고
결심한 지 십 오년
내 맘도 내 맘대로 쓰지 못하고
남의 마음 내 맘대로 쓰려한다

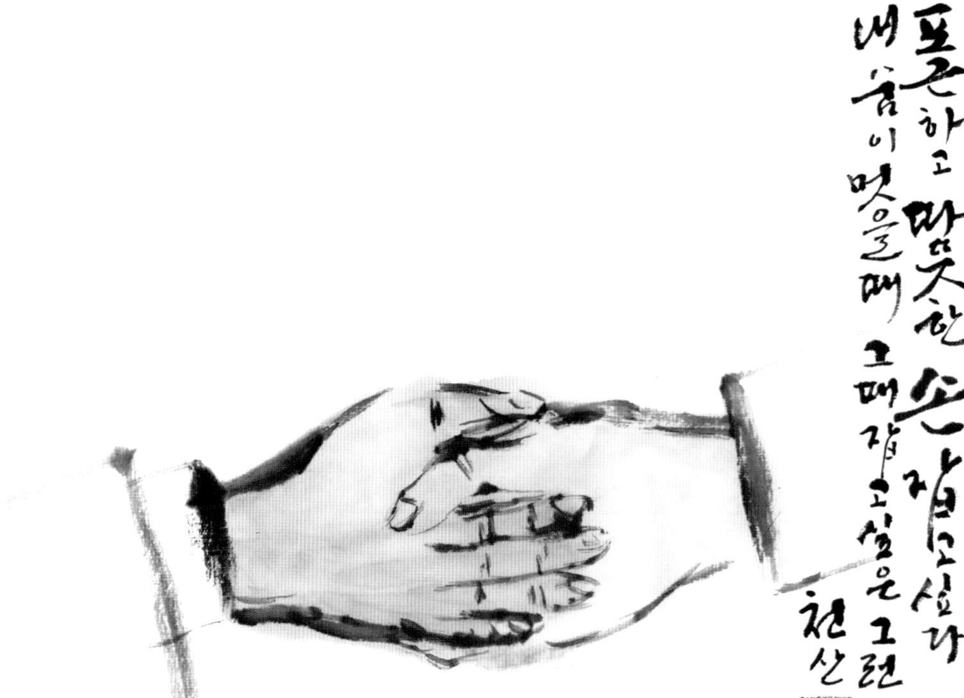
포근하고 따뜻한 손 잡고 싶다
내 삶이 멋을때 그때 잡고 싶은 그런 손을
천산

無常
己亥夏

제 4 부

녹슬어가는 것은 망각忘却

연필

섬뜩한 칼날
날 세워 날카로운
생각에 가슴이 서늘했다

누구라도
겉옷을 모두 벗어버리고
알몸이길 기다렸다

서슬 퍼런 사랑인가
살점 뜯기우는
아픔을 견뎌 내면서

하고 싶은 말 대신
검은 혓바닥을 부벼대며
점점 닳아 없어지는 흑심黑心

鱖魚圖
쏘가리그림을
戊戌 秋節

손

누구라도 손을 잡고 싶다
여의도로 가는 표값으로
악수는 말고
가슴 한 조각 내어주는
따뜻한 손을 잡고 싶다

눈을 보며
얼음처럼 투명한 말
보리이삭 패는 초록처럼 아련한 말
토란잎에 구르는 이슬처럼
가슴 울렁거리는
환한 얼굴과 마주하고 싶다

내 숨이 멎을 때
그 순간 그때 잡고 싶은
그 손을 가진 사람에게
돌아오지 않을
네 손을 잊지 않고 싶다

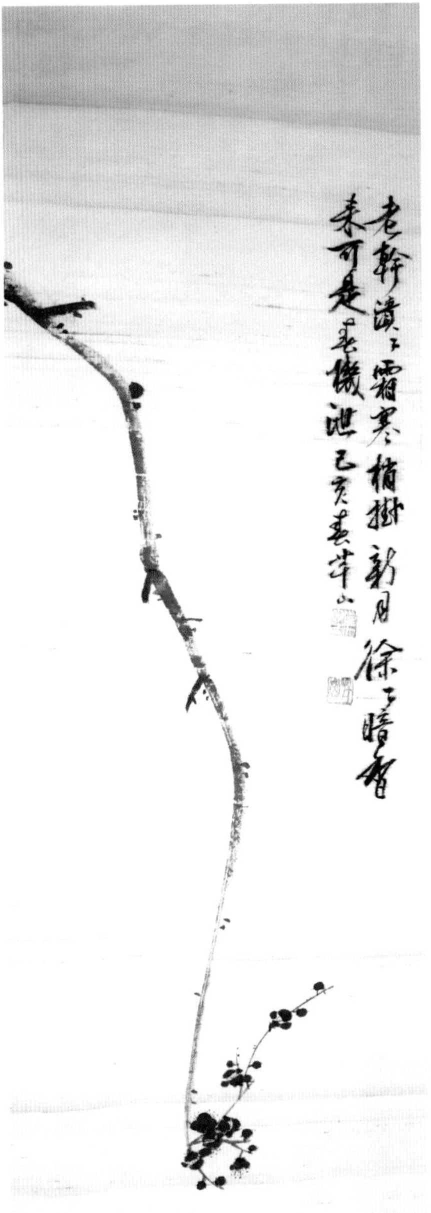

墨影含芳

행복을 꿈꾸며

푹신한 도너츠 한 입 물은 행복감처럼
한 조각의 달콤함이 그리운
모진 오늘이다

좀약 냄새 피어오르는 장롱 속
그나마 다시 꺼내고 싶어
추억으로 돌아본 풍경들이 낯설다

바람이 솔잎을 떨어뜨린
솔밭길, 문득 외로움을 만난다
이미 병든 가슴으로 느끼는 허기

한때는 고립을 피하려
이름 없는 별을 잡아다 이불속에 넣어 두었던
그림자를 오늘에야 털어낸다

입술에 붙은
설탕 알갱이를 혀로 핥으며
둥그런 삶을 다시 꿈꾸고 싶다

동백정

바닷바람에도 털끝 하나 흩뜨리지 않았다
끈적한 갯내의 유혹에도 열어주지 않았다
춘삼월 동백정 아래
서슬 푸르게
끓어 오르는 붉은 꽃잎

두툼하고 농 익은 잎새에 의지하고
노오란 꽃술 봉긋 벌려
보여주기 무섭게 투신하여
어둑한 그늘 아래 통째로 눕는다
마지막 남은
새빨간 자존심

동백정 아래
발전소가 관광지에서
원망 덩어리로 전락할 때까지
사지 육신 잘리우며
숨어서 밀어密語를 엿듣다

어렴풋 감춰둔
한 점 붉은 상처 가슴에서 꺼내본다

한겨울 온몸으로 버티어 온 새빨간 자존심
동백정 그늘아래 몸을 던진다
천산 최명주

가을

설핏 비켜선 찐득한 밤
피노키오에 목침 맞아죽은
댓돌 밑에 납작 영혼들
또르락 또르락 되살아났다

볏 낟 몇 개 떼어먹은
긴 주둥이를 벌름거리던 땅쥐도
땅콩 밭, 밤나무 밑으로 오가더니
발바닥에 불이 났다

장독대 귀퉁이에서는
봉숭아 씨방 터지는 소리
그리고, 깨진 채 버려진 선풍기 날개

불같은 폭염. 모진 폭풍
청춘을 불살라 지나온 지금
가을에 자리 내주고 돌아서는 그림자
퇴직 후 백수로 사는
내 그림자였다

霜降山水清
戊戌秋

늙은 해오라기

늙은 해오라기는
너무 일찍 논가로 나왔다
삭정가지 같은 정강이에
이글대던 태양도 소화시켰던 젊음도

말라붙은 살과 함께 떨어져 나갔다

젊은 해오라기와 눈 맞아 떠난
암컷을 잊은 지는 오래다.
좀 더 깊은 곳을 가보고 싶지만
시원찮은 눈으로 얕은 물가만 거닌다

송사리 한 마리 낚아내기도 어렵다

왜가리 만나면
시끄러워 거북하고
옛 동지를 만나면
절로 고개가 숙여진다

어디가도
늙은이는 환영하지 않는
이별은 소외되는 것
나이를 먹어감에 비로소 알았다

꽃 가지고 한 해가 가네. 천안
늙은 해오라기의 한식

莫道無心畏雷電
海龍王處也橫行
戊戌夏

게[蟹]

엄지발이 너무 크고
거친 털이 참 수컬수컬하여
위엄이 넘치는구나
장비張飛의 기백처럼 활기가 흘러넘쳐
어떤 요리에도 특유의 맛
게라 하면 단연 참게가 최고 아니겠는가

엄지에 털은 없지만
무서운 가위손과 등딱지까지 가시로 무장한
서해 꽃게
살 많고 먹을 게 풍성하여
천하일품 맛이라 않겠는가

바우지란 놈은
거무죽죽한 두꺼운 갑옷
사나운 발을 가지고
먹잘 것 없이 단단하기만 하다만
게장 맛은 또한 단연 최고다

수족관에서 본 킹크랩
우리 것과는 정반대인데
작은 엄지발로 어찌 허세를 부리겠는가
거구의 몸뚱이에
온몸에 솟아오른 종기 같은 가시
입맛을 달아나게 한다

어느 나라에서 온 게냐
게[蟹]도 우리 것이 좋은 게야

낡은 시어詩語

하늘은 깊고 시렸다
코스모스 꽃잎 하나 떨어지고
가뜩이나 바람 맞던 가을 잎들이
새빨가니 출혈된 얼굴로 떨어졌다

망각에 기댈
아무것도 남아있지 않은 가을밤
녹슬은 양철지붕 위로
감 하나 툭, 떨어져도
짐짓 놀랄 가슴마저 남아있지 않았다

삐거덕거리는
낡은 시어詩語 하나
가을 문턱을 넘지 못한 채로
이리저리 서성거릴 무렵

한 움큼 눈물조차 거두지도 못하고
들쫓기듯이 떠나버린 영혼 하나가
벌건 녹슨 함석처럼 가슴은 타고
감 하나 떨어지며 흐느낀다

一春風煖柳青

천방산千房山

서해바다 끝자락
기별포에서 올라온 해풍이
서천의 너른 가슴 속에
말없이 깃들어 쉬고 있는

빛나는 햇살을 안고 있는 천방산이 있다

당나라로 끌려가던
금강 하류의 흰 낙화들
먼 길을 달려 와
숨 멎을 듯 수런거리는 전설들
청미래 덩굴 아래 잠자던 산새들이
인기척에 놀라 푸드덕거렸다

서해를 바라보며
외로이 서 있는 산
역사를 말하지만
역사는 전설처럼 전해질 뿐
묵은 잡지의 표지처럼 돌아앉아 있다

백제의 한을 품은
처연한 생을 살아온 전설이건만
패망의 후손임을 말하면서도
옛이야기쯤으로만 즐기며 듣고 있다

* 천방산千房山 : 충남 서천군에 위치한 해발 324m 가량의 산으로 백제 말기에 소정방이 백제를 치기 위해 기벌포에 진입, 이곳에 방이 천 칸이나 되는 큰 절을 지은 후 백제의 사비성을 공략하였다는 슬픈 전설을 안고 있다.

* 기벌포伎伐浦 : 백제 시대에 현재의 충남 서천군 장항읍長項邑 일대 금강 하구에 위치하고 있으며, 나당 전쟁 당시 최후의 결전이 있었던 곳이기도 하다.

夏木有新色飛瀑松聲如舊時

원단元旦의 기도

세세 년년
억겁의 세월 돌고 돌아
서천의 영산
천방산 누각에서 새해를 맞으며
신년 원숭이해의 어둠을 거두어갈
의연한 모습을 바라보자

용광로의 쇳물처럼
가슴이 끓어오르는 벅찬 감동
지난해의 노여움을 희망과 기대로 바꿔
여명의 원단 위에 눕히고
희망찬 발디딤을 밝히는 저 불덩이 앞에
머리 숙여 경건한 기도를 올립니다

한반도의 분단 아픔을 거두어 주시고
너와 나 이념으로 반목 없는 한 해가 되도록 하소서
번영과 희망으로 부국의 지름길로 인도하여 주옵시고
기벌포에 전흔이 발전으로 나타나듯
서천군의 안녕을 은쟁반 위에 올리고
문화와 예술의 번영이 넘치도록 채워 주소서

젊은 인재들이 모여들어 둥지를 틀고
애기 우는 소리가 여름 매미소리 들리듯 하게 하시고
저 아래 보이는 들녘에
풍년의 바람을 놓아 주소서
해가 잠드는 서쪽 바다에는
만선의 풍어가를 들리게 하시고
우렁찬 희망의 노래가 마을마다 울리게 하소서

백제의 한으로 남은
천방산의 영혼을 불러
우리의 각오를 곧추 세워 주시고
저 장엄한 태양을 맞는 우리 가슴에
소원이 성취되고
염원이 현실이 되는 한 해가 되도록 하소서

우리의 모든 바램이
지금 떠오르는 희망의 불덩이에 맡겨
진인사 대천명의 마음으로
천방루의 일출을 맞고 있나이다

송림 백사장

바닷바람이
억센 솔잎에 찢겨 버렸다
물결에 몸을 맡기다가
겨우 밀려 와서는
소나무 밑둥에 자리를 폈다

맥문동 푸른 잎이
난蘭잎인 척 잎새 뒤척이고
알알이 맺힌 보라색 열매가
진주처럼 찬란했다

소나무 짙은 그늘 속의 유혹
물결이 출렁출렁 밀려올 때마다
솔잎에 걸려버린 갯바람 술렁임
숨겨진 비밀이 마침내 탄로 난 것일까

흑송이 끝없이 무리를 이룬
송림 바닷가, 그늘에
뿌리를 내린 맥문동이
요리조리 몸을 비틀어대고 있다

* 송림 백사장 : 충남 서천군 장항 송림백사장은 하늘을 가린 울창한 소나무숲이 해안을 따라 이어져 고즈넉한 산책을 즐길 수 있으며 소나무 밑으로는 맥문동이 사철푸른 잎을 바닷바람에 하늘거리는 장관을 보여주고 있다.

봄

윤기 흐르는 소
언 땅이 풀리자 밭 갈러 나왔다
등에서는 바이올린 선율이 흐르고
겨우내 비좁았던 우리 안의 어둠이
쟁기날에 신나게 실려 나왔다

"그놈이 힘 있게 쟁기질 잘 하네요?"
새 담배를 꺼내 꽁초로 불을 붙이던 노인이
불쑥 가볍게 뱉는다
"겨우내 놀고 먹었응께
지도 미안 헐 테지"

구름에 잠긴 듯 분홍 산벚꽃 잔치에
두둥실 떠오른 먼 산을 보며
"저 산 산벚꽃이 왜 저리 이뿌대요?"
소의 어깨에 멍에를 얹으며
"봄이라서 그려"

촉촉한 밭흙이 쟁기를 타고 넘으며
됨박 속의 묵은 씨앗을 뿌려도

돌아서자 움틀 것 같은 날
봄이라서 그런가?

칠십 여년을 보아온 봄이니
새삼스럽게 고운 봄을 왜 물었을까?
머쓱한 봄날
훈훈한 봄바람에 눈 내리듯 벚꽃이 진다

* 뒴박 : '뒤웅박' 의 방언

신성리 갈대밭에 가면

그곳에 가면
새끼를 잃고
남의 자식만 키워 날려버린
개개비의 가슴 아픈 이야기를
서걱서걱 수런수런
갈대밭 바람소리로 들을 수 있다

자지러질 듯 개개비 하소연보다도
이제는 어깨에 걸머진 빈 둥지가 애처롭다
갈대밭은 점점 말라가고
마른 갈대잎이 다시
초라한 바람을 불러들이면서
금강물 속에서 붉게 타오르는 저녁노을

아린 가슴 쓸어내리다 보면
어디선가 익어가는 소곡주 누룩냄새

신성리 갈대밭에 가면
휘어진 허리로 바람을 맞으며
누런 잎새 하나 흔들어대며

제 홀로 호래기를 불고 있는
갈대의 메마른 울음소리를 들을 수 있다

* 호래기 : '호루라기'의 사투리
* 신성리 갈대밭 : 충남 서천군 한산면 신성리에 있는 갈대밭으로 영화 〈JSA 공동경비구역〉 촬영지이기도 하다. 면적이 6만여 평이나 되는 우리나라 4대 갈대밭 중의 하나로 금강물결과 신비한 조화를 이루고 겨울철에는 고니, 청둥오리 등 10만마리의 겨울철새의 군락지로도 유명하다

[해설]

최명규 시화집 『빈 새장의 문을 열어놓다』

빈자리를 위한 시학詩學

구재기 시인

빈자리를 위한 시학詩學

구재기 시인

* 처음에

'2018 서예 · 문인화 부문 명인' 으로 등극한 천산 최명규 시인의 시화집詩畵集을 낸다. 필생 서화에 매진하던 그가 이번에는 시를 써서 어엿한 시집을 낸다. 시詩가 언어 속에 살짝 숨어서 피는 꽃을 보여주는 예술이라면 서화書畵는 피어서 곧장 보여주는 꽃이다. 천산 최명규 명인의 시집 『빈 새장의 문을 열어놓다』는 그의 모든 것을 바라보게 하고, 또 보여주기도 한다. 그야말로 천산 최명규의 모든 것이 예술이라는 명제 아래 명명백백 드러내주고 있다. 무릇 예술이란 이 세상에 땅으로 디딤을 삼고 하늘을 우러름으로 하여 살아가는 사람에게는 참다운 정신의 산물이 될 것이요, 자기를 대상으로 삼는 진실한 삶의 거울이다. 뿐만 아니라 나로부터 시작하여 세상의 모든 사람들로 하여금 새로운 삶의 맛을 안겨주고 궁극적인 정신을 합일하게 함으로써 이상적 세계를 구현하는 촉매적 역할을 하게 한다. 이러한 의미에서 천산 최명규가 그동안 추구하는 정신적인 산물에 이제 시를 앞세워 놓는 것은 다름 아닌 그가 추구하는 세계에 대한 새로운 합일合一이라고 말할 수 있다. 그것을 무엇인가 행동하는 모습으로 보여준다. 그렇게 시속에 드러나 있다.

전체 4부로 나누어진 시화집 속에는 제1부 「은유隱喩와 번짐」16편, 제2부 「묵향墨香에 기대어」 16편, 제3부 「시중유화 화중유시詩中有畵 畵中有詩」 15편, 제4부 「녹슬어가는 것은 망각忘却」 13편 등 모두 60편의 시작품이 수록되어 있다. 전체 4부에서 취하고 있는 소제목만 보더라도 이 시화집에서 무엇을 추구할 것인가를 잘 보여주고 있다. 삶과 예술의 한 호흡 속에서 이루어지고 일구어지는 가운데 새롭게 변신하여 엿보인 그의 시세계는 과연 어떠한 행동 양상이 배어있는가를 살펴보기로 한다.

1. 은유隱喩의 효과와 그 번짐

제1부 제목을 최명규는 「은유隱喩와 번짐」이라고 했다. 은유는 시에 있어서 가장 기본적인 언어 표현이다. 언어가 가지는 일정한 수준과는 전혀 관계가 없다. 모든 언어에서 쉽게 쓰이는 것이 바로 은유이다. 그러나 은유에는 반드시 2가지 대상이 동일시되거나 서로 융합하되 그 2가지의 특성이 모두 들어있는 새로운 의미를 만들어 낸다. 그러므로 은유는 합리적일 뿐만 아니라 산문적인 비교에서 벗어나 질적인 도약을 이루어준다. 합리적으로 쓰이는 예술 기법이 된다. 모든 예술은 이 은유를 기반으로 하여 이루어진다. 또한 많은 비평가들은 이 은유가 논리적인 측면에 앞서 에둘러 표현하는 사고의 한 양식이라고도 말한다.

따라서 은유는 어떤 의도나 조건이나 제한 따위가 없이 서로 비슷

한 성질, 즉 유사성만을 나타내는 것으로부터 하나의 관념이 다른 관념을 불러일으키는 일련의 연상을 일으키는 데까지 여러 역할을 수행할 수 있다. 다음 시작품을 살펴보자.

가로로 찢어진 틈새로
차곡차곡 몸 구겨 넣고
빼꼼히 밖을 본다

한줄기 밝은 기다림보다
차례의 기다림이 절실해가고

아무도 손대지 않은
하나 남은 자존

타인의 청결 위해
하얀 순결을 준비해 놓는다

보드라운 희생
끝이 더 거룩하다

—「곽휴지」 전문

일반적으로 곽휴지는 직육면체의 내부에 연속하여 뽑아질 수 있도록 휴지가 준비되어 있다. 곽휴지를 사용하고자 하는 사람은 그저 위에 곽 휴지통의 입구에 살짝 드러난 휴지를 잡아당기기만 하면 연이어 따라 나오도록 되어 있는 휴지를 쉽게 뽑아 쓸 수가 있다. 화자는 이 곽휴지를 '가로로 찢어진 틈새로/ 차곡차곡 몸 구겨 넣고/ 빼꼼히 밖을 본다' 고 표현해놓고 있다. 어둠의 곽 속에서 휴지가 밖으로 나오게 되기를 '한줄기 밝은 기다림보다' 는 '차례의 기다림이 절실해가고' 있다고 말한다. 그것은 누구의 손에도 닿지 않은 '아무도 손대지 않은/ 하나 남은 자존' 때문이다. 그 자존이란 무엇인가? 말할 것도 없이 '타인의 청결 위해' '준비해 놓은' '하얀 순결' 이다. 곽휴지통 속의 휴지는 무엇인가 더러운 것을 닦는다든지 불결한 것을 청결하게 해주는 것이 삶 전체요 그 자체이다. 그 삶이란 곧 휴지의 자존심이기도 하다. 따라서 자존심을 지키기 위해 곽의 찢어진 틈새로 '빼꼼히 밖을 보' 면서 세상의 모든 '청결을 위해' 뽑혀지는 순서를 기다린다.

여기에서 은유는 휴지와 청결 그 두 가지만이 아니라 그 이상의 요소가 연결되어 있음을 읽어낼 수 있다. 오로지 '아무도 손대지 않은/ 하나 남은 자존' 과 '타인의 청결 위해' 준비해 놓은 '하얀 순결' 이다. 어느덧 은유는 이 시작품의 중심 개념을 이루고, 지배적인 상징이 되어 있다. 이 시작품에서 부수적인 삶의 아름다움을 체득할 수 있게 한다. '보드라운 희생/끝이 더 거룩하다' 고 말한다. 비교적 엉뚱한 은유가 뜻밖에도 두 가지이거나 그 이상의 요소가 보여주는 견줌이 새로운 효과를 보여준 것이다.

내 뱃가죽처럼 탄력을 잃고
납작 엎드린 바퀴 한 짝
부러진 발목 끌 듯
카센터에 눕히고는
보호자가 되었다

갈 길은 구만리인데
꾸물꾸물 게으른 정비사
지렁이 한 마리
송곳에 끼워 몸에 박고
따라나서는 메움의 날카로움

여유 없이 걸어온
내 발바닥 어디
저 날카로움으로
새어나가는 자신을 틀어막고
후회 없이 살아가고 싶다

젊음이 새어나간 허무
내 삶의 한쪽을 보았다

—「펑크난 차」 전문

위 시작품에 나타난 은유에서 두 대상을 먼저 살펴본다. 첫 연에서 '탄력을 잃고' 있는 '내 뱃가죽' 과 '납작 엎드린 바퀴 한 짝' 으로부터 유사성은 쉽게 발견된다. 둘째 연에서는 '갈 길은 구만리인데/ 꾸물꾸물 게으른 정비사' 와 '지렁이 한 마리' 가 서로 유사성을 보여준다. 화자는 지금 갈 길이 구만리여서 급하기만 하고, 차바퀴의 펑크가 어서 떼워지기만을 바란다. 그만큼 화자의 마음은 몹시 급해진다. 그럼에도 불구하고 '정비사' 는 마치 '지렁이 한 마리' 의 느릿느릿한 행동처럼 꾸물대기만 한다. 행동이 보통 느린 게 아니다. '정비사' 와 '지렁이' 라는 두 대상이 동일시되어진 은유는 그 행동으로서의 유사성을 통하여 이루어진다. 그러나 사실은 '지렁이' 는 바퀴 펑

크를 때우게 되는 '끈끈이지렁이' 를 말한다. 전혀 새로운 의미가 된다. 정비사는 날카로운 끈끈이 지렁이를 '송곳에 끼워 몸에 박고' 새로운 의미로서의 '따라나서는 메움의 날카로움' 을 느끼게 한다. 그러면서 문득 화자 자신에게로 돌아와 '여유 없이 걸어온/ 내 발바닥 어디/ 저 날카로움으로/ 새어나가는 자신을 틀어막고/ 후회 없이 살아가고 싶다' 는 삶에 대한 새로운 각오를 피력한다. '뱃가죽처럼 탄력을 잃고/ 납작 엎드린 바퀴 한 짝' 으로부터 '젊음이 새어나간 허무/ 내 삶의 한쪽을 보았다' 면서 '새어나가는 자신을 틀어막고/ 후회 없이 살아가고 싶다' 는 은유의 효과를 얻어낸 것이다.

이와 같은 은유의 효과는 '지켜온/ 자리 하나에도/ 결코 흔들리지 않는/ 지루한 긴장에도 빨간 자존 잃지 않는다' (「소화기」 중에서)거나 '이빨 사이에 낀 이끼조차/ 서낭당의 애환으로 남아/ 하나 둘 떨어져 나간 전설이 되어가고/ 장군이란 몸값/ 절실한 바램으로 성황당에 깊이 박혔다' (「장승」 중에서)는 데에서, '또 다른 생존을 위해/ 죽임을 서슴지 않는다// 양봉가의 자존이다' (「거미」 중에서)라는 데에서도 그 은유의 효과가 새롭게 번짐로써 나타나고 있음을 보여준다.

2. 묵향墨香과 같은 삶의 향기

제2부에서는 「묵향墨香에 기대어」라는 제하에 16편의 시작품을 모아놓고 있다. 2부에서는 선뜻 먹이나 먹물을 이용하여 그린 그림이라든지 글씨가 떠오르기도 하고, 먹에서 풍기는 은은한 향기를 연상하게 된다. 특히 수묵화가 연상된다. 수묵화는 주로 동양화에서 많이

볼 수 있는 기법으로 채색을 쓰지 않고 먹으로만 그린 그림을 말한다. 먹의 짙고 옅음만으로 그려져 있으므로 화려한 색감의 그림보다 은은한 멋이라든가 움직임이 없이 조용하고 고요한 느낌을 주기도 한다. 그래서일까, 묵향이라 하면 허브herb나 로즈마리rosemary처럼 슬쩍 스치기라도 하면 코를 찌르는 듯한 향기가 아니라 있는 듯 없는 듯 실바람에 은근슬쩍 묻혀오는 설중매雪中梅나 소심란素心蘭처럼 암향부동暗香浮動의 향기, 바로 그러한 향을 떠올리게 된다. 동양화에서의 사군자四君子, 즉 매화, 난초, 국화, 대나무를 이르는 데에 있어서도 난과 매화가 앞자리를 차지하고 향기를 풍기는 까닭도 바로 묵향에서의 느낌과 일맥상통하는 것이 아닌가 하는 생각이 든다.

아무튼 이러한 느낌들은 〈2018 서예 · 문인화 부문 명인〉의 심성으로부터 묵향에 기대면서 시와 함께 하고자 하는 데에서 지극히 자연스럽게 다가오는 것임을 부정할 수 없다. 시작품부터 살펴보기로 한다.

어디서 부르는 소리에도
귀가 번쩍 뜨이던
아버지가 지어주신 이름 석 자
오십 여년 질기게 따라다닌
도꼬마리 같은 나의 그림자

붓질을 한다하여
다른 모습 아닐진대
아버지 바램 앞에 '천산芋山' 이란 두 글자
호號를 받아들고

바람처럼 지나온 나날
두 글자 더하여
짭조름한 삶 위에 햇소금 채워
옴방진 새 삶 살아질까

질척질척하게 걸어온 숱한 길
먹물 듬뿍 찍어 화선지에 쓸어내려
고졸古拙한 글씨에
'천산芊山' 이란 낙관을 찍으며
살아온 길로 되돌아가고 싶다

—「호號를 받고」 전문

'호號' 란 주로 우리나라나 중국에서 본명이나 자字 외에 허물없이 부르기 위해 그 대신 쓰는 이름을 통틀어 이르는 말인데, '아호雅號' 라 하여 문인, 학자, 예술가 등은 본이름 외에 따로 지어 부르기도 한다. 일반적으로 호를 지을 때는 살았거나 살고 있거나 인연이 있는 지역명을 호로 삼기도 하고(所處以號), 이룬 뜻이나 이루고자 하는 뜻을(所志以號), 처한 환경이나 여건을 호로 삼기도 하며(所遇以號), 쌓아온 것이나 좋아하는 것을 호로 삼기(所蓄以號)도 한다. 이에 따르면 호는 자연스럽게 자기 자신과의 연緣을 저버릴 수 없다.

우선은 화자는 자신의 이름에 대한 끈질긴 연緣을 생각한다. '어디서 부르는 소리에도/ 귀가 번쩍 뜨이던/ 아버지가 지어주신 이름 석 자/ 오십 여년 질기게 따라다닌/ 도꼬마리 같은 나의 그림자' 라는 것이다. 자기 이름 - 아버지 - 오십 여년의 삶 - 동행자로서의 이름 앞에 호를 붙이게 된다. '붓질을 한다하여/ 다른 모습 아닐 진데' 동양화와 함께 하는 예술인으로서 접두사처럼 '호號를 받아들' 었으니 그것은 아버지 바램의 뜻이 새겨진 이름 앞에 붙이게 된 또 다른 이름인 것이다.

그러나 그런 호를 앞세우고 살아왔어도 '바람처럼 지나온 나날' 이름 앞에 호라는 '두 글자를 더하여' 살아왔지만 결코 '짭조름한 삶 위에 햇소금 채워/ 옴방진 새 삶 살아' 오지 못하였음을 안다. 그래서 '질척질척하게 걸어온 숱한 길/ 먹물 듬뿍 찍어 화선지에 쓸어내려/ 고졸古拙한 글씨에/ 천산芋山이란 낙관을 찍으며/ 살아온 길로 되돌아가고 싶다' 는, 평범한 삶을 누릴 수 있게 되기를 기대한다. 그것은 격정의 삶에 대한 소박한 자위自慰의 모습이며 마치 묵향과도 같은 '오십 여년 질기게 따라다닌/ 도꼬마리 같은' '그림자' 로 살아가고자 하는 삶에의 바램이기도 하다.

그러한 화자의 삶의 추구는 시작품 「털신」에서도 찾아볼 수 있다.

삼 년을 신은
오천 원짜리 털신
쓰레기통에 거꾸로 처박혀 있다

아직도 남아 있는
온기가 너무나 애절하다

한때 정 붙여 발 디디고
냅다 던져 버린 몰인정도 그립다

낡음낡음 빠져가는 털 올 사이로
새록새록 온기가 남아 있는 입동의 아침

—「털신」 전문

쓰레기통에 거꾸로 처박혀 있는 '털신' 을 보고는 화자는 '아직도 남아있는/ 온기가 너무나 애절하다' 는 연민을 느낀다. 이는 '삼 년을 신은/ 오천 원짜리 털신' 에 대한 화자의 은은하게 풍겨오는 삶의 향기로 다가온다. 묵향과 같은 고요한 삶에서 우러나오는 의지의 소산이기도 하다. '한때 정 붙여 발 디디고/ 냅다 던져 버린 몰인정도 그립다' 는 한 멋이라든가 정적이고 고요한 느낌을 주기도 한다. 묵향처럼 풍겨오듯 '낡음낡음 빠져가는 털 올 사이로/ 새록새록 온기가 남아 있는 입동의 아침' 에 '털신' 은 화자로 하여금 삶이 '낡음낡음' '새록새록' 이 돋보여주는 심성의 산물이기도 하다.

언뜻 김종삼의 「묵화墨畵」를 연상하게 하는 「아버지의 소」중에서 '아버지의 휴식은/ 누렁이의 목덜미에 두 손을 얹어/ 멍에자리를 열심히 주물러댈 때였다/ 그럴 때마다 지그시 두 눈을 감고/ 가난에 달구어진/ 지치고 끈적해진 침을 줄줄 흘렸다' 는 것은 고즈넉한 삶의 진정성을 보여주고 있으며, '판교장날/ 아버지는 소를 팔고/ 방울 달린 목대만 지게에 지고 와/ 처마 밑 흙벽에 걸어놓고/ 소 입에서 떨어지는 침같이/ 느른한 눈물을 흘리셨다' (「아버지 냄새」중에서) 는 데로부터 한적하고 아늑한, 그러면서도 조용하고 다소곳한 삶의 향기를 느끼게 해준다.

3. 시詩와 화畵 사이에

일찍이 남송의 동파東坡 소식蘇軾,은 「동파지림東坡之林」에서 당의 왕유王維에 대해 '마힐摩詰의 시를 보면 시 속에 그림이 있고, 마힐의 그림을 보면 그림 속에 시가 있다. 시와 그림은 원래 하나이며 자연스럽고 청

신해야 한다(味摩詰之詩 詩中有畵 觀摩詰之畵 畵中有詩 及詩畵本一律 天工與淸新)' 고 평했다. 이와 같이 소동파가 왕유의 시와 그림을 함축적으로 정의한 것은 왕유의 산수화 「남전연우도藍田煙雨圖」를 평한 것에서 비롯된 것이다.

한편 북송의 곽희郭熙는 '그림은 소리 없는 시이고 시는 형상 없는 그림이다畵是無聲詩 詩是無形畵' 라고 말하여 시는 소리로, 그림은 형상으로 일체화하였다. 시가 소리라 함은 율격과 리듬에 맞게 표현된 것을 말하고, 형상은 이미지가 음영과 색조로 표현된 것을 말함이다. 이 모든 것은 시화일체詩畵一體, 시화동원詩畵同源을 의미하며, 시가 풍경을 단지 사실적으로만 표현한 것이 아니라 시가 표현한 풍경에 의경擬景, 의상擬象, 운미韻味가 끝이 없다는 뜻이고, 그림의 정취가 사실적으로 표현된 것보다 그림이 표현한 정취에 의경과 의상이 깊고 한이 없다는 뜻이다. 따라서 시속에는 그림과 같은 요소가 있으며 그림 속에는 시와 같은 요소가 포함되어 있다는 의미이다. 이와 같은 시화일체詩畵一體, 시화동원詩畵同源의 모습을 시작품속에 잘 나타나 있음을 볼 수 있다.

갈목 해변, 숱하게
들락거리던 발걸음을 멈추고
붉게 물드는 노을을 보면
젊지 않은 영혼을 만날 수 있다

어느덧 육십여 년
쉽게 따라온 그림자 위에
애절한 시나위 가락을 내려 놓으면
질펀한 갯벌에는
한숨어린 간기가 가득 배어 있다

갯벌은 여전히 짱뚱어가 기웃거리는데
누덕누덕 기운 옷 한 벌 걸치고
동행을 포기하고 돌아간 그림자
붉게 삭아 떨어지는 석양에
서럽지 않은 이가 어느 누구인가

바우지 엄지발가락은
여기저기에 떨어져 뒹굴고
아직도 애잔히 머물러 있는 위엄 위에
시린 노을이 노근히 내려앉는다

— 「갈목항에서」 전문

'갈목항' 은 화자의 거주지역에 있는 조그마한 포구이다. 배가 드나드는 개의 어귀를 말한다. 그러므로 갈목이라는 지명에 위치해 있는 자연스럽게 나가고 들어오는 두 가지의 사실을 가지게 된다. 이러한 '개' 의 특성에서 볼 수 있듯이 화자는 두 가지 사실과 자연스럽게 견주면서 삶의 이야기를 펼쳐놓는다. 우선 첫 연에서 살펴보면 '붉게 물드는 노을' 과 '젊지 않은 영혼' 을 만난다. '노을' 은 '갈목 해변, 숱하게/ 들락거리던 발걸음을 멈추' 어야만 만나는 것이거니와 긴 세월의 살아온 '발걸음' 후에야 만나게 되는 것이며, 그 '노을' 로부터 지금의 '젊지 않은 영혼' 과 함께 하고 있음을 화자는 깨닫는다. 따라서 살아온 '발걸음' 속에는 '노을' 과 '영혼' 이 공존하고 있는 것이며, 이는 곧 '노을' 이 영혼이요, '영혼' 이 곧 노을이라는 등가치가 된다.

둘째 연에서도 마찬가지이다. '어느덧 육십여 년/ 쉽게 따라온/ 그림자 위에' 내려놓여진 '애절한 시나위 가락' 이나 '질펀한 갯벌' 에 가득 배어있는 '한숨어린 간기' 가 일체화를 이루면서 삶의 모습을 엿보이게 한다. 이 같은 사실은 셋째 연에서도 마찬가지이거니와 '여전히 짱뚱어가 기웃거리는' '갯벌' 에서의 '누덕누덕 기운 옷 한 벌 걸치고/ 동행을 포기하고 돌아간 그림자' 와 함께 '붉게 삭아 떨어지는 석양에' 서러운 이가 바로 그것이다. 그리고 마지막 연에서 '여기저기에 떨어져 뒹굴고' 있는 '바우지 엄지발가락' 과 '아직도 애잔히 머물러 있는 위엄 위에' 에 '노근히 내려앉는' '시린 노을' 과 일체를 이룬다.

이와 같은 상황에서 화자는 자신의 지나온 시간들을 '갈목항' 에서 직접적이고 명료한 말이나 행동이 없이 은근히 자신의 뜻을 나타내 보이는 묵시默示의 자세를 취한다. 즉 배가 들어오고 나가는 '갈목항' 이라는 지리적 특성에 자신의 삶을 일체화시킨다. '어느덧 육십여 년' 의 세월을 보내놓은 이순耳順에 이르러 어떤 일이 있더라도 결코 감정에 얽매여 흔들리지 않고 이해할 수밖에 없는 나이에 이르러(六十而耳順. 『論語』의 「爲政篇」) 버린 삶을 고요한 마음으로 '개' 의 현상을 비추어본다. 즉 어느덧 귀가 순해져버림으로써 모든 걸 순리대로 들리게 되었음에 이르고 있거니와 '갈목항' 에서 화자는 스스로의 삶에 대한 관조적 모습을 엿보이게 된 것이다.

이뿐만이 아니다. 화자는 '길쭉한 놈은/ 도둑괭이 털에 붙었다가/ 동그란 놈은/ 너구리 배를 단단히 움켜쥐고(「도둑놈가시」 중에서)' 있는 '도둑놈가시' 를 보고는 아직도 '망백望百에 이른 어머니의 치마폭' 에서 벗어나지 못한 채로 움켜주고 있는 '두 손' 을 인지하기도 한다. '도둑놈가시' 는 곧 화자가 놓지 못하고 백세를 바라보는 어머니의 '치마폭' 을 쥐고 있는 '두 손' 이 되어 있는 것이다.

4. 기억記憶은 망각忘却과 함께

어떤 일이나 사실을 되살려내는 것이 '기억記憶' 이라면, 어떤 일이나 사실을 잊어버리는 것이 망각忘却이다. 마음을 평온하게 하고 편안하게 하고자 하려면 불쾌한 기억들을 모두 망각해버리는 것처럼 좋은 일은 없다. 인간은 지금 이 순간이 불행하다거나 안 좋다는 것은 어찌 보면 불쾌하고 슬픈 기억들을 망각하지 못하는 데에서 찾아볼 수 있다. 그러나 그게 어디 쉽게 잊어버려야 한다고 하여 잊어버려지는 것이겠는가. 기억이라는 것은 쉽게 비워버릴 수 없는 지속성을 가진다. 그러므로 망각 없이 새로운 것이란 있을 수 없다. 망각을 원하는 것만큼 기억에 강하게 남는 것이기 때문이다. 기억은 언제나 망각과 함께 한다. 망각은 기억 속에서 이루어진다. 기억은 망각으로의 과정에서 살아남는 유일한 정신적 산물이기도 하다.

늙은 해오라기는
너무 일찍 논가로 나왔다
삭정가지 같은 정강이에
이글대던 태양도 소화시켰던 젊음도

말라붙은 살과 함께 떨어져 나갔다

젊은 해오라기와 눈 맞아 떠난
암컷을 잊은 지는 오래다.
좀 더 깊은 곳을 가보고 싶지만
시원찮은 눈으로 얕은 물가만 거닌다

송사리 한 마리 낚아내기도 어렵다
왜가리 만나면
시끄러워 거북하고
옛 동지를 만나면
절로 고개가 숙여진다

어디가도
늙은이는 환영하지 않는
이별은 소외되는 것
나이를 먹어감에 비로소 알았다

—「늙은 해오라기」 전문

이 시작품에서 '늙다' 란 의미는 과연 무엇일까. 기억과 망각을 놓고 보면 여기에서의 '늙다' 의 의미는 기억에서 점차 망각으로의 과정에 나타나는 결핍된 정신 작용으로 보인다. 나이에 들어감에 따라 점점 어떤 일이나 사실을 잊어버려지는 망각은 분명 늙음과 깊은 관련을 맺고 있다. 과거의 사물에 대한 것이나 이미 인식되어진 것 따위를 머릿속에 새겨 두어 지금에 이르러 보존하거나 되살려 생각해 내는 것이 기억이라면 망각에는 그것을 전혀 되살려낼 수 있는 능력이 없다.

그러나 이 시작품에서는 망각의 단계에 아직 이르지 않고 있다. 굳이 망각이라면 다만 다른 해오라기에 비해 '늙은 해오라기는/ 너무 일찍 논가로 나왔다' 고 하는 것뿐이다. 이는 정상적인 삶의 상태에서 조금 벗어나고 있음이다. 정상적인 상태에서 벗어난 행동이다. 이미 '삭정가지 같은 정강이에/ 이글대던 태양도 소화시켰던 젊음도// 말라붙은 살과 함께 떨어져 나' 가 버리고만 '늙음' 에 이른 것이다.

망각에로 점점 다사가서는 도중임을 말해준다.

그러나 화자는 '젊은 해오라기와 눈 맞아 떠난/ 암컷을 잊은 지는 오래다' 라고 말한다. 그것은 망각이 아니라 기억이다. 기억의 역설적인 표현일 뿐이다. 오래오래 기억됨으로써 결국에는 가슴 깊이 맺혀있는 한恨으로 남아 있다. 이런 기억으로 말미암아 늙은 해오라기는 일군一群으로부터 스스로 소외된다. 소외되고 나니 저절로 홀로가 된다. '좀 더 깊은 곳을 가보고 싶지만' 이미 몸마저 늙어버려 '시원찮은 눈으로 얕은 물가만 거' 닐 수밖에 없다. 아픈 과거에의 기억과 늙음으로 인하여 '송사리 한 마리 낚아내기도 어' 려운 신세로 전락해버린 늙은 해오라기는 '왜가리 만나면/ 시끄러워 거북하고/ 옛 동지를 만나면/ 절로 고개가 숙여진다' . 자신의 뜻을 굽혀 스스로 자신을 비굴하게 만들어버리게 한 지난날의 기억과 늙음은 스스로 '어디 가도/ 늙은이는 환영하지 않는/ 이별은 소외되는 것/ 나이를 먹어감에 비로소 알' 게 한다. 기억은 삶 속의 소외와 포기로 하여금 죽음을 예고하며, 그것을 하나의 숙명처럼 받아들이게 함으로써 슬프고 외롭고 억울하기까지 한 기억의 상처를 북돋워주고 있다.

하늘은 깊고 시렸다
코스모스 꽃잎 하나 떨어지고
가뜩이나 바람 맞던 가을 잎들이
새빨가니 출혈된 얼굴로 떨어졌다

망각에 기댈
아무것도 남아있지 않은 가을밤
녹 슬은 양철지붕 위로

감 하나 툭, 떨어져도
짐짓 놀랄 가슴마저 남아있지 않았다

삐거덕거리는
낡은 시어詩語 하나
가을 문턱을 넘지 못한 채로
이리저리 서성거릴 무렵

한 움큼 눈물조차 거두지도 못하고
들쫓기듯이 떠나버린 영혼 하나가
벌건 녹슨 함석처럼 가슴은 타고
감 하나 떨어지며 흐느낀다

—「낡은 시어詩語」 전문

망각의 과거와 기억의 현재가 공존하고 있는 이 시작품에서 '하늘은 깊고 시렸다' 는 것은 망각의 세계에 머물고 있었던 정황이라 할 수 있다. 따라서 '코스모스 꽃잎 하나 떨어지고/ 가뜩이나 바람 맞던 가을 잎들이/ 새빨가니 출혈된 얼굴로 떨어졌다' 는 것은 망각에 따라 아무것도 없이 텅 비어있는, 이른바 어떤 사물이 처해 있는 상태이기도 하다. 아무 쓸모가 없음은 물론 어떠한 의미가 없이 급격하게 심리적 불안 상태에 이르렀음을 말한다. 기억 속에서 모든 걸 잊혀진다. 그러므로 '망각에 기댈/ 아무것도 남아있지 않은 가을밤' 이 된다. 어느 것 하나도 남지 않은 상황, '녹 슬은 양철지붕 위로/ 감 하나 툭, 떨어져도/ 짐짓 놀랄 가슴마저 남아있지 않' 은 정신적 공허함이 나타난다.

이러한 상황에서 겨우 기억 속에 남아 있는 것은 겨우 '삐거덕거리는/ 낡은 시어詩語 하나' 뿐이다. 그것은 '가을 문턱을 넘지 못한 채로/ 이리저리 서성거릴 무렵' 무지막지할 정도로 아주 세차게 마구 쫓기어 '한 움큼 눈물조차 거두지도 못하고/ 들쫓기듯이 떠나버린 영혼 하나' 를 말하는 것이기도 하다. '시어詩語 하나' 와 '영혼 하나' 는 곧 망각 속에서 되살아난 기억이다. 만지기라도 하면 푸석푸석 부서지고 말 '벌건 녹슨 함석처럼 가슴은 타' 서 뭉그러뜨려지고, '감 하나 떨어지며 흐느끼' 는 기억 속에서 거의 사라지고 말 정신적인 영혼인 '시어詩語 하나' 를 소생시키고 있다.

이와 같은 망각 속에서 되살려낸 기억은 '서슬 퍼런 사랑인가/ 살점 뜯기우는/ 아픔을 견뎌 내면서// 하고 싶은 말 대신/ 검은 혓바닥을 부벼대며/ 점점 닳아 없어지는 흑심黑心(「도둑놈가시」 중에서)' 일으킬 수 있으며, '서해를 바라보며/ 외로이 서 있는 산' 이 '역사는 전설처럼 전해질 뿐/ 묵은 잡지의 표지처럼 돌아앉아 있' 는 데에서도 '백제의 한을 품은/ 처연한 생을 살아온 전설이건만/ 패망의 후손임을 말하면서도/ 옛이야기쯤으로만 즐기며 듣고 있' (「천방산千房山」 중에서)' 는 것이다.

* 끝맺으며

지금까지 필자는 '2018 서예 · 문인화 부문 명인' 으로 등극한 천산 최명규 시인의 작품세계를 전체 4부의 소제목으로 이름한 〈은유隱喩와 번짐〉〈묵향墨香〉〈시중유화 화중유시詩中有畵 花中有詩〉〈망각忘却〉을 중심으로 일별하여 보았다. 이는 어쩌면 최 시인의 시에 대한 인식과 서화書畵로부터 얻은 시적인 감각의 활성화로부터 무엇인가를 의도하고 있는 모습이라 하겠다. 바로 최명규의 삶에서 오는 빈자리를 위한 시학詩學의 결과이다. 삶이 주는 공허함, 시간의 흐름에 따른 망각속의 작은 기억 하나, 그런 가운데 화선지에 번지는, 먹물의 낮은 숨소리 같이 배어나오는 농담濃淡의 향기, 낯선 사물과 사물 사이에서 일체화一體化를 이루는 의미 전달은 빈자리를 철철 넘치게 하는 충만의 세계를 이루고 있다는 것이다.

시는 결국에 언어를 어떻게 활용하느냐에 달려 있다. 그런 의미에서 최명규가 시작품에서 의도하는 바는 실로 바람직하다고 아니 말할 수 없다. 시는 언어의 활용하는 데에서 시작하고, 시는 결정된다. 시상詩想이 아무리 언어에서 비롯하여 저절로 떠오르는 것이라 하더라도 이에 따른 언어의 활용이 저절로 함께 하지 않으면 안 된다. 그러므로 절묘한 언어 활용에 따라 한 편의 시작품이 이루어지도록 해야 함은 물론이다.

그러나 시가 언어를 활용하여 표현되는 것이라 하지만 천의무봉天衣無縫으로 이루어질 수는 없다. 북송의 시인이며 정치가인 왕안석王安石은 그의 시작품 「박선과주泊船瓜洲」중 '춘풍우록강남안春風又綠江南岸(봄바람 또 강남 기슭 푸르게 물들이는데)' 이라는 데에서 처음엔 '綠' 자를 '到' 라로 고쳤다가 다시 '過' 자로 고치고, '過' 자를 다시 '入' 자로 고치고, '入' 자를 '滿' 자로 고쳤다가 열 번째 만에야 '綠' 자로 다시 고쳤다는 이야기는 잘 알려진 사실이다. 이것은 시상과 언어 활용의 절묘한 조화를 말하고 있는 것이 아니겠는가.

이런 의미에서 서화書畵의 명인인 최명규의 다음 시집을 지금부터 기다려지는 것은 어쩔 수 없다. 모쪼록 시인으로서도 명인에 이르게 되기를 기원한다. ♣

〈최명규 연보〉

최명규崔明圭 chore myong-kyu

- 아호 : 천산芊山
- 학력 : 명신대학교2년 중퇴
- 경력 : 우체국재직 29년 명퇴
- 출생 : 1957. 3. 20일생
- 주소 : 충남 서천군 판교면 흥림길 259
- 전화 : 010-5225-7826

* 작가 약력

- 대한민국 서예 전람회 초대작가
- 충남 서예 전람회 초대작가 이사
- 충남 미술협회 초대작가
- 충남 서도대전 초대작가 이사 및 심사위원
- 공무원 미술대전 동상 및 초대작가
- 근로자 미술대전 동상 및 초대작가
- 추사 휘호대회 초대작가
- 해동서예협회 초대작가
- 창암 대한민국 휘호대회 최우수상 초대작가
- 새만금 전국서예 문인화대전 이사 및 심사
- 핵 안보 정상회의 휘호
- 문예마을 수필부문 등단
- 농촌문학 우수상 수상(수필부문)

- 충남문인협회 이사(현)
- 뉴스서천 칼럼위원(전)
- 서천문화원 부원장(전)
- 기벌포 문화학교 출강
- 서천 문화원 출강 외 다수
- 한국예총 서천지회장(전)
- 한국 예술문화명인 인증

* 전시경력

- 대한민국 서가협회초대작가전
- 공무원 미술대전 초대작가전
- 정보통신 예술문화회 회원전
- 장묵회전
- 서천 연서회전
- 월명서학회전
- 한중서화교류전
- 충남 서예전람회 초대작가전
- 대전 충남 서도협회 초대작가전
- 일월 서단전
- 해동 서학회전
- 서천 문화원 초대전
- 대한민국 예술 문화 명인전
- 시중유화 화중유시개인전
- 충남 대표작가 초대전
- 공무원 교육원 갤러리 초청전